또 사랑 시나 쓰고 앉아 있네

또 사랑 시나 쓰고 앉아 있네

시를 사랑하는 한 젊은이의 러브레터

초 판 1쇄 2025년 02월 19일

지은이 김용선
펴낸이 류종렬

펴낸곳 미다스북스
본부장 임종익
편집장 이다경, 김가영
디자인 임인영, 윤가희
책임진행 김요섭, 이예나, 안채원, 김은진, 장민주

등록 2001년 3월 21일 제2001-000040호
주소 서울시 마포구 양화로 133 서교타워 711호
전화 02) 322-7802~3
팩스 02) 6007-1845
블로그 http://blog.naver.com/midasbooks
전자주소 midasbooks@hanmail.net
페이스북 https://www.facebook.com/midasbooks425
인스타그램 https://www.instagram.com/midasbooks

© 김용선, 미다스북스 2025, *Printed in Korea*.

ISBN 979-11-7355-071-3 03810

값 16,800원

미다스북스는 다음세대에게 필요한 지혜와 교양을 생각합니다.

시를 사랑하는 한 젊은이의 러브레터

또 사랑 시나 쓰고 앉아 있네

김용선 지음

미다스북스

앉아 있기 전

　잠이 들기 위해 침대에 누우면 상상 속의 그녀가 저에게 찾아와 시적 영감을 주곤 했습니다. 그래서 저는 항상 베개 옆에 노트와 샤프를 두고 시를 줄기차게 적어 나갔습니다. 그렇게 쓰인 시 90편이 여러분께 위로와 공감을 해주었으면 합니다.

본문 中

내가 가장 사랑하는 시

내 모든 시가
당신에게 위로가
될 순 없겠죠

내 모든 시가
당신의 마음을
흔들 순 없겠죠

그래도 괜찮아요
단 하나의 시라도

당신에게 위로가 됐고
당신의 마음을 흔들었다면

너무도 감사하죠

1부
또 사랑

2부
시나 쓰고 앉아 있네

3부
시를 사랑하는 한 젊은이의 러브레터

1부

또 사랑

"내 향으로 인해
네가 설렜으면 좋겠다"

감정 기억

내가 너에게
느꼈던 감정

그 감정은
기억이 되고

내 마음속에
저장된다

파인애플

네가 남루하더라도
나는 너를 사랑하겠다

네가 어떤 모습을 갖고 있더라도
나는 너를 사랑하겠다

나는 너의 외면만을
사랑하는 것이 아니라

내면까지도 사랑하기에
너 자체를 사랑할 수 있다

그러니 내 앞에서는 남루해도 괜찮다
그 또한 사랑하겠다

소소한 기대

나에게서
좋은 향기가 난다면

미소를 지으며 좋아할
너를 상상하며 향수를 산다

너로 인해
내가 많이 바뀐다

많이 바뀌는 만큼
너를 좋아하는 것이겠지

내 향으로 인해
네가 설렜으면 좋겠다

중심(重心)

가벼운 마음으로
연락했다

연락이 잘 되자
중간 정도의 마음으로
데이트 신청을 했다

데이트 후
그녀의 내면을
알게 되자

내 마음은
그 무엇보다도
무거워졌다

내 사랑을 받아 주세요!

샤프와 노트로
나의 연애 감정을 끄집어낸다

또 언제 찾아올지
모르기에 샤프로 빠르게
시를 써서 노트에 전달한다

노트는 샤프가 준 시를
잘도 받아 준다

나도 샤프처럼
그녀에게 사랑을 전달한다

그녀도 노트처럼
내 사랑을 받아 주면
얼마나 좋을까?

마음의 언어

그때 내 마음은
말로 형용할 수가 없었어요

단지 마음의
언어로만 해석할 수 있지요

온통 너로 가득

네 생각으로
가득 차 있다

글을 쓰다
네 생각이 나고

책을 읽다
네 생각이 나고

시를 외다
네 생각이 난다

너는 내 생각을 할까?

새로운 쓰임새

노트는
공부할 때나

쓰는 것인
줄로만 알았는데

언제부턴가 너와의
경험을 적는 소중한 것이 되었다

기름칠을 덜 한 깡통 로봇

그런 눈으로 자꾸
나를 쳐다보지 마세요

그 눈은 한 번만 보아도
사랑에 빠진 바보가 되는데

그 덕에 나는 말도
헛나오고 행동도 삐걱대는

기름칠을 덜 한
깡통 로봇이 됐네요

빈지노형 미안해

힙합만 듣던
나는 어디 가고

이젠 잔나비, 검정치마
노래만 듣고 부르네

네가 너무 좋아서 그런가?

너랑 나, 너와 나

말로 할 땐 너랑 나

글로 쓸 땐 너와 나

어쩜 이리도 이쁘니?

2부

시나 쓰고 앉아 있네

"오늘도 너라는
시를 쓰다 잠이 든다"

그런 날이 오겠지

너를 보아도
아무렇지 않은 날

그런 날이
분명히 오겠지

너를 보아도
아무렇지 않은 날

빨리 왔으면 싶다가도
정말 오게 될까 봐 두려워져

잠 못 이루는 밤

그대 생각에
잠이 오질 않네요

그런다고
그대가 다시
돌아오지는 않을 텐데

이런 나의 마음
전혀 모르고 있을 텐데

그대 생각을
하지 않으려고
아무리 노력해 보아도

계속해서 그대를
생각하게 되네요

그대와 연락하던 때보다

지금이 그대를 더

좋아하는 것 같아요

그 누구보다도 나를 사랑하던 나인데

너를 잊지 못해
오늘도 아파하는
내가 미워져

또 이렇게 끝나네

이번에는 좀
달랐던 것 같기도 하고

아닌 것 같기도 한데

분명한 건
아프다는 것이다

이제 내 마음이
넓어져서 아프지 않을 줄 알았는데

그 넓어진 마음조차도
그녀가 거의 다 차지하고 있었다는 사실을

이제서야 알게 됐네

이런 방식으로

알고 싶진 않았는데

다른 방식으로

알고 싶었는데

빙하기

내 주변에 있던 그대의
흔적이 하나둘 없어지네

다음에는
무엇이 없어질까...?

그대를 당당하게 볼 수 있었던
나의 두 눈은 어디로 간 것일까...?

이젠 그런 두 눈이 있었는지조차
기억이 나질 않네

사랑하지 않는다는 거짓말

언젠가부터
제가 저 자신조차도

속이고 있다는
느낌을 받았습니다

내게 너는 마치 메두사 같아

그대 뒷모습만 보아도
얼굴 돌리는데

그대 이름만 들어도
신경 쓰이는데

그대 생각만 해도
눈물 흐르는데

그대와 눈 마주치면
나 어떻게 될지도 몰라요

오늘도 공상 중

하늘이 나에게 딱 한 번
너와 대화 나눌 기회를 내려 준다면

나는 너에게
미안하다고 할까?
밉다고 할까?
고맙다고 할까?
사랑했다고 할까?

떡 줄 사람은 생각지도 않는데
김칫국부터 마시고 있네

언제쯤이면

이제는 정말
그대를 떠올리지 않을 수 있을 거라
생각했는데

침대에 누워
잠이 들려고 하니
그대가 불현듯 스쳐 가네요

이제는 정말
그대를 떠올려도 아프지 않을 수 있을 거라
생각했는데

이제는 정말
그대를 놓아주어야 하는데
그게 안 되네요

낙루(落淚)

그제도, 어제도, 오늘도
침대에서, 교실에서, 도서관에서

아무도 모르게
낙루하고 있습니다

그대가 내 슬퍼하는 모습을
봤으면 싶다가도
그러지 않았으면 합니다

그렇기에 아무도 모르게
낙루를 반복합니다

뭐라도 해서 그대에게
나의 이 슬픈 마음을 보여 주고 붙잡고 싶지만

그러면 안 된다는 것을
누구보다도 잘 알기에

그대는 알지도 못할
이 짓을 계속합니다

내일도, 모레도, 글피도
침대에서, 교실에서, 도서관에서

순식간에 쓰인 시

누군가
저에게 다가와
이제는 그녀를 잊었느냐고
물었을 때

제가 잊었다고 대답한다면
그것은 거짓입니다

잊지 못하니까
이런 시나 쓰고 있는 것이겠죠

잊지 못하니까
사랑 노래만 들으면
그녀를 떠올리는 것이겠죠

잊지 못하니까

그녀와 제가 함께 저 벤치에

나란히 앉아

웃고 떠드는 모습을 상상하는 것이겠죠

저란 사람은

절대로 그녀를

잊지 못할 것입니다

모순적 사랑

나에게 너는
꼭 잊어야만 하는
사람이지만

꼭 잊지 않아야만 하는
사람이기도 하다

너를 잊은 나는
편안하겠지만

너를 잊고 편안한 내가
무슨 의미가 있을까 싶다

나도 알아!

너와 더 이상
이어질 수 없다는 것을

내가 아무리 멋있게 꾸미고 학교에 와도
너와 인사할 수 없다는 것을

나도 알아!

나도 아는데 그러는 거야
어린애같이 생떼 부린다고

네가 나를 다시 만나 주지
않는다는 것을 내가 왜 모르겠어

나도 이런 내가 가끔 미워져
그러니까 네가 조금만 이해해 줘

고작 여섯 글자

사랑해요 많이
많이 사랑해요

이 간단하고도 쉬운 말을
그대에게 미처 전하지 못했네요

하루 종일

창문 너머로 전봇대와 전선,
나무와 낡은 아파트가 보이네요

그리고 눈에는 보이지 않지만
거시적 세계를 넘은

미시적 세계에서
또 그대가 보이네요

어디를 쳐다보아도
그대가 보이네요

볼 수 없지만
볼 수 있지요

보고 싶지 않아도

볼 수밖에 없지요

또 사랑 시나 쓰고 앉아 있네

사랑 분실

이제 그녀의 웃는 모습은
뒤에서 지켜보아야만 하겠죠

이제 그녀의 뒷모습조차
볼 용기가 없어 그녀를
머릿속으로 떠올려야만 하겠죠

이제 그녀를 떠올리는 것조차
하면 안 된다는 생각이 드네요

이제 난 무엇을 해야 하죠?

요즘 들어 매일 하는 생각

나는 너를 사랑한
것이 아니라

너를 사랑하던
나의 모습을 사랑한 것이다

아니더라도 그렇게 믿고 싶다
이렇게라도 믿지 아니하면

나는 또 슬픔에
빠질 것이 분명하기에

당사자는 알지도 못할 사과

왜 얼굴을 푹 숙이고
복도를 지나가시나요?

혹시 제가 그 예쁜 얼굴을
보고 다시 그대를
사랑할까 봐 그러시나요?

그대에게는 절대 상처 주지 않으리라
다짐 또 다짐하고
조심 또 조심했는데

오늘 제가 그대에게 상처를
주었다는 생각이 드네요

미안해요, 불완전한 나여서

나의 마음이야

널 볼 때마다
아파서 그런 건지
그리워서 그런 건지
미안해서 그런 건지
자꾸 피하게 돼

그게 나의 최선이라는
생각에 너만 보면
회피하게 돼

너의 얼굴을 보며
예전처럼 밝은 미소 지으며
인사하고 싶은데 그게 안 돼

그래서 내 마음이 아프고
그 시절의 너와 내가 그리워지고

그때 너에게 더 잘해 주지 못한 게
미안해지고 그래

그래 이게 나의 마음이야

널 보고 싶어도
볼 수 없는 나의 눈이야

너와 말하고 싶어도
말할 수 없는 나의 입이야

너와 걷고 싶어도
걸을 수 없는 나의 다리야

너와 손을 잡고 싶어도
잡을 수 없는 나의 손이야

또 사랑 시나 쓰고 앉아 있네 1

네 생각에
잠 못 이루어

시나 쓰고
앉아 있는 나를

너는 모르겠지

그래서 나는 역으로
네가 무엇을 하고
있을지 생각해 보기로 했어

늦은 시간이니만큼
너는 지금 자고 있을 수도

시험 기간인 만큼
교과 공부를 하고 있을 수도

나 아닌 다른 이를 생각하며
설레하고 있을 수도,
슬퍼하고 있을 수도 있겠지

그럴 리는 없겠지만
혹시라도 내 생각을
하고 있을 수도 있겠지

가장 가능성 없어 보이는 것을
네가 하고 있다고 생각하니
기쁘다가도 이게
뭐 하는 짓인가 싶네

너를 좋아한다는 것

너를 좋아한다는 것은
너무도 힘든 일이다

너를 좋아한다는 것은
나의 가슴이 찢어지는 일이다

불완전한 내가 완전한 너와
이루어진다는 것은
불가능하기 때문이다

불능(不能)

마주 보고 웃던 게
어제 같은데

뭐 하냐고 묻던 게
어제 같은데

데이트하자고 꼬시던 게
어제 같은데

이제 그 무엇도
할 수가 없네

아브라카다브라

너를 잊지 못하는 것은
오히려 나에게 좋은 일이다

평소 같으면
주야장천(晝夜長川)
입시 생각만을 하며
머리가 아팠을 텐데

너를 잊지 않음으로써
미소 지을 수 있기에
너를 잊지 못하는 것이다

네가 없으면 다시 원래의 삶을
살아야 한다는 압박감에
너를 잊지 못하는 것이다

'단지 그 이유뿐'이라고
주문을 외다 잠이 든다

아직도

난 너만 보면
가슴 떨려 오는데

맵시

예쁜 옷과
멋있는 헤어 스타일과
향기로운 향으로

나를 꾸미고
학교에 간다면

'혹시라도 네가
나를 보고 한 번쯤
움찔하지 않을까?'라는 생각을 하고

나는 나를 매일 꾸미고
학교에 나갔어

너는 과연 어땠을까?

어느 순간

다 잊었다고 생각하고
그런 줄 알았는데
아니었나 봐

무조건 반사

너만 보면
얼굴을 슬며시

피하는
내가 미워져

사랑 멸망

너를 자랑하고 싶은데

네가 내 여자 친구라고
온 동네에 소문내고 싶은데

네가 가장 예쁘다고
이 세상에 소리치고 싶은데

너라는 내 세상이 없어져서
이제 도저히 그럴 수가 없네

오긴 하겠지

언젠가는
내가 쓴 시를 보고

풋풋하다며
웃는 날이 오겠지

지금은 내가 쓴 사랑 시를 볼
엄두조차 나질 않네!

우리 사이

나를 보아도
아무

표정 변화조차
없는

너를 보면
그때

새삼 깨달아

마음의 잔

잔이 비워지면
잔이 채워지고!

잔이 비워지면
잔이 채워지고!!

잔이 비워지면
잔이 채워지고!!!

그 잔은 서서히
수명을 다하겠지!!!!

닿을 수 없는 그대에게 바치는 편지 1

이제 더 이상
너를 볼 수 없겠지

그래서 나는 너에게
이 편지를 쓴다

이 편지가 현실의
너에게 닿을 수는 없겠지

내가 너에게 이 편지를
줄 용기가 없으니까 말이야

정형행동

너를 보면
고개를 숙이고

너를 생각하면
고개를 숙이고

네가 들리면
고개를 숙인다

올해 겨울에도

당신이 가장 좋아하는
계절의 상징인 눈이 와요

당신은 겨울이 오면
꼭 하고 싶다는
운동이 있다고 했죠

그 운동을 같이하고 싶었는데
그럴 수가 없네요

침대에서 1

내 마음에
조용히 찾아왔다

내 마음을
가득 채우고

네 마음이
조용히 떠나간다

침대에서 2

오늘도 너라는
시를 쓰다 잠이 든다

또 사랑 시나 쓰고 앉아 있네

침대에서 3

시를 쓰려고
노트를 한 장씩 넘길 때마다

네 기억이
점점 희미해져 가

이 노트마저 너로 가득
채워질 때쯤이면

너에 대한 기억은 완전히
지워지겠지

침대에서 4

불을 *끄고*
침대에 누워

샤프와
노트를 들고

눈을 감고

너를 떠올리며
또 글을 적고 있구나

또 사랑 시나 쓰고 앉아 있네

침대에서 5

시가 쓰고
싶으니까

내일이
오면

네 얼굴을
실컷
봐야겠다

침대에서 6

얼마 있으면
졸업이다

그 말인즉슨
이제 더 이상

너를 볼 수 없다는
말과도 같지

보는 게 두려워
안 보는 것과

볼 수가 없어서
못 보는 것은

엄연히 다르지

고생이 많다

나를 놓아달라고
외치는 건 항상 나이지만

그대는 나를
한 번도 잡은 적이 없죠

상상 속의 당신이
나를 잡은 것이고

나는 그 상상
속의 당신에게

시를 쓰며
신세 한탄을 하는 것이지요

또 사랑 시나 쓰고 앉아 있네 2

이젠 네 얼굴이
희미한데

이젠 네 목소리가
기억조차 나지 않는데

나는 무엇을 그리워하며
시를 쓰고 있는 걸까?

$\frac{1}{5}$ 1

너를 위해
산 향수이지만

너를 위해
쓰인 적은

한 번도 없구나

$\frac{1}{5}$ 2

너를 설레게
하기 위해 산

향수가 벌써
끝이 보이네

이 향으로
너를 기억하는 나인데

연체

너라는 책을
빌렸어

책이 얼마나
슬프던지

아직도 그 책을 손에서
놓지 못하고 있어

이젠 놓아주어야
하는데

그래야 새로운 책을
빌릴 수 있을 텐데

밤이 좋은 이유 1

오늘 밤에도
너라는 시를

나의 밤에
초대한다

현실의 나는 너에게
다가갈 수조차 없지만

노트에서는 네가 예전에
그랬던 것처럼

수줍게 인사를 하고
옅은 미소로 나를 대해 준다

자문자답

사랑으로
아파서 몸과 마음이

말라
비틀어질 것 같은

느낌을
아시는 분이 있으신가요?

지금 제가 그래요

환절기

오늘 춥다는 친구의
문자에 창문을 열어 보니

너와의 추억이
주마등처럼 스쳐 가더라

분명 어제만 해도
더웠는데

하루아침에
계절이 바뀌는구나

너와 나는
계절과 같아

우리 사이도

하루아침에 확 바뀌었지

한국 어느 젊은이의 슬픔

젊은 베르테르의
슬픔을 이제야 알겠다

자기 전에
그대 생각하다

눈물을 머금고
잠이 들면

꿈속의 그대가 나타나
나와 자유롭게 노닐다

커튼 사이로
들어온 아침 햇살에 눈이 부셔

잠이 깨면 그대가
없다는 사실을 인지하고

한참을 부정하며
다시 이불 속으로 들어가

꿈속의 그녀를
다시 만나려고 뒤척이다

실패한 채 현실을
다시 한번 인지하고

눈물을 흘리며
침대에서 일어나는

내 모습이
마치 젊은 베르테르 같아

그녀에게 누군가가

"그 없이도 잘 지낼 수
있나요?"라고 묻는다면

그녀는 아마도
그럴 수 있다고 하겠죠

그가 그녀를
더욱 좋아했기에

그에게 누군가가

"그녀 없이도 잘 지낼 수
있나요?"라고 묻는다면

그는 아마도
그럴 수 없다고 하겠죠

그가 그녀를
더욱 좋아했기에

진 꽃이 다시 피는 날 1

새로운 사랑을
시작하며 다시

마음 졸이는 날이
언젠가는 오겠죠

그때가 되면
그녀를 잊을 텐데

그때가 되면
아마도 그럴 텐데

그럴 제가 상상조차
가질 않네요

진 꽃이 다시 피는 날 2

나도 언젠간
너 아닌 다른 사람과

웃고 떠들며
사랑을 하겠지

그때쯤이면
너도 대학생이 되어서

꽃다운 나이에
꽃다운 사랑을 하겠지

그게 당연한 건데

그런 날이 오면
난 기분이 이상할 것만 같아

3부

시를 사랑하는
한 젊은이의 러브레터

"이젠 밤마다 나를 찾아오는
상상 속의 너까지도 놓아줄게"

닿을 수 없는 그대에게 바치는 편지 2

나는 이 편지를
내 마음의 우편으로

너에게 부칠 거야

그러면 내 마음속
우편 배달부께서

너의 꿈속으로 찾아가
잘 전달하실 거라 믿어

그러니 나는 이제 마음 편히
이 학교를 떠날게

사랑 선언문

이젠 사랑에
함부로 빠지지 않을 거예요

얼굴이 예쁘다고
사랑에 빠지지 않을 거예요

분위기가 좋다고
사랑에 빠지지 않을 거예요

잘 웃어 준다고
사랑에 빠지지 않을 거예요

사랑이라는 게
참 아픈 거니까

시간이 약

이젠 괜찮네...
아니 이제야 괜찮네

죽을 듯이 아팠던 게
어제 같은데

이젠 괜찮네...
아니 이제야 괜찮네

시인이란

아팠기에 사랑이고
사랑했기에 아픈 것이다

그 아픔으로 인해
시인은 사랑 시를 쓰고

그 시로 인해
사랑에 아파하고 있던
이들은 위로받고 치유된다

그 아이에게

나쁜 기억으로
남고 싶지 않았어요

그 아이도 처음이라고 하길래
그 처음을 아름답게 지켜 주고 싶었어요

그래서 그녀의 마음을
존중하고 이해해 주었어요

나는 아플지라도 그녀는
아프지 않기를 바라는 마음에서

친구들에게
그녀 욕 일절 하지 않았어요

혹시라도

소문을 듣고 아파할까 봐

그녀가 아파질 수 있는

일은 일절 하지 않았어요

아픈 거는 나 하나로 족하기 때문에

사랑이 뭘꼬?

'사랑은 무조건
좋은 거 아닌가?'라고 생각해
너에게 먼저 다가간 나

처음에는
너무도 좋았지

좋다 못해
행복이란 게
무엇인지 알게 되었지

그러나
나중 되니 사랑은
사채와 같다는 것을 알게 되었지

행복을 미리
왕창 당겨쓰는 것

그로 인해
이자의 후폭풍이
크게 밀려오는 것

그게 사랑인 모양이다

미개봉

너를 생각하지 않으면
나는 아프지가 않다

그래서 나는 너를 생각하지
않기 위해 엄청난 노력 중이다

하지만 잊은
것은 아니다

잊은 것과 생각하지
않는 것은
엄연히 다르다

마치 서랍 속에
넣은 소중한 시가
눈에 보이지 않는다고

그 소중한 시가
없어지지 않는 것과 같이

너라는 소중한 시를
나의 마음속 서랍 한편에
넣어 놓은 것일 뿐이다

이것은 잊은 것이 아니다
단지 꺼내지 않으려
노력하는 것이다

너를 좋아하는 이유

너는 네가 얼마나
예쁜지 알지 못할 거야

갈색 머리에
하얀 얼굴, 귀여운
미소를 가진 너

집중할 땐 눈이
동그래지고
눈썹이 들리는 너

너무도 예쁘지

그런데 내가 너를 좋아하는
이유는 위의 이유가 아니야

그 누구보다도 따뜻하고
진중한 마음을 가진 너이기에
너를 좋아하는 거야

그럼 괜찮은 거야

너는 내가
너를 얼마나 사랑했는지 모르겠지

너는 내가 너 때문에
얼마나 아팠는지 모르겠지

너는 내가 네 덕에
얼마나 행복했는지 모르겠지

한참이 지난 지금도
내가 너를 떠올리는지 모르겠지

몰라도 괜찮아
너만 아프지 않으면 돼

왜 하필 처음이 너였을까?

나도 내가
왜 이러는지 모르겠어

이 정도로 아팠던
적은 처음이야

이리도 아플 줄 알았다면
너에게 얼씬도 하지 않았을 텐데

그땐 몰랐지
이리도 아플 줄은

처음이라
서툴렀고
아주 아팠어

다신 이렇게 아픈 사랑은
하지 않을 것 같아

너로 인해 사랑이
아픈 것임을 깨달아서

이제 함부로 사랑은
하지 않을 것이야

근데 왜 하필 그 처음이
너였을까 하는 생각이 들어

처음이 아니었으면
너에게 더 잘해 줄 수 있었을 텐데

딱 그 정도면

몹시 추운 날
핫팩을 들고 와
손을 녹이다

친구 손이 시려 보여
잠시 빌려주었지만

서로 까먹어 아차 하는
생각이 드는 정도로만
날 떠올려 주면 돼

어깨걸이 극락조

언젠가 네가 내 시를 읽고
있는 날이 오겠지

오직 그날만을
고대하던 나의 모든 시는

기쁘다고 흘리던 눈물 닦고
일어나 춤을 추겠지

내 시를 먼저 봐 달라고
내 시를 먼저 봐 달라고

치료제

너로 인해 쓰인 시가
사랑으로 아파하고 있을

누군가에게
위로가 된다는 일이

얼마나
기쁜 일인지

너는 알까?

배의(配意)

나는 비염이라서
숨이 거칠어요

그래서 항상
당신 옆에만 서면

내 숨을
참아야 했죠

혹시라도 나의 거친
숨소리에 당신 놀랄까 봐

나에게 너는 아주 긍정적인 변화야

고전 소설만 읽던 내가
사랑 시도 읽게 됐고

체육복 세트만 입던 내가
코트와 무스탕을 입게 됐고

기타를 잠시 쉬던 내가
다시 기타를 연주하게 됐고

노래방에는 들어가는 것조차 싫어하던 내가
노래방이라는 취미가 생겼지

나에게 너는 아주 긍정적인 변화야
고마워 정말

러닝 하는 날

이렇게나
아름다운 하늘이

내 눈앞에
있는데

나는 왜
너만 사랑했을까?

소량의 얼음과 다량의 뜨거운 물

너는 차가운 사람
나는 뜨거운 사람

둘이 만나면 네가
항상 녹으며 아파

하지 그래서 나는
너를 놓아줄 거야

밤이 좋은 이유 2

어느 날 갑자기
네가 내게서 떠나자

밤마다 상상 속의
네가 내게로 찾아와

나를 시인으로
만들었다

그래서 나는
밤이 가장 좋았다

불을 *끄고*
침대에 누워

펜과 노트를 들고
눈을 감고 시를 쓰면

상상 속의 너와
만날 수 있었기에

미성숙한 시절의 끄적임

혹시라도
이 시가

당신에게
닿게 된다면

반송하지 말고,
천천히 반추해 보세요

그러면서
그때 그 사람이

나를 이렇게나
좋아했구나 생각해 주세요

그 정도면 충분해요

네가 가장 사랑하는 계절

너라는 찬 바람에
고개를 숙이고 길을 걷다

찬 바람이 너라는 생각에
다시 고개를 들어

뒤를 바라보니
겨울이 왔구나

내가 가장 사랑하는 시

내 모든 시가
당신에게 위로가
될 순 없겠죠

내 모든 시가
당신의 마음을
흔들 순 없겠죠

그래도 괜찮아요
단 하나의 시라도

당신에게 위로가 됐고
당신의 마음을 흔들었다면

너무도 감사하죠

그때는 알 수 없었지만, 지금은 알 수 있는 것

눈 위로 발자국
수많은 사람의 발자국

너도, 나도 수많은
사람 중 하나의 발자취

그 둘의 발자취가 잠시 겹쳐
사랑을 나누고 발을 뗄 시간이
오니 아쉽다 못해 아리다

그렇게 너의 발자취를 내가 떠나가고
나의 발자취를 네가 떠나간다

뒤를 돌아 다시
발자취를 확인하기에는

나는 바쁜 사람

너도 바쁜 사람

목적지를 향해 빨리

걸어가야 하기에

그 발자취를 확인할

시간이 없다는 핑계로

오직 앞만 보고

목적지에 도착하니

오직 공허함만이

나를 반겨 주는구나

나는 결과만을 바라보고

삶을 살아왔구나

과정은 신경도

쓰지 않은 채

다시 돌아가기에는

그 사람의 발자취는

겨울이 지나

보이지도 않는구나

아빠에게

사랑하는
내 아버지

무거운 짐을
혼자 짊어지시고

묵묵히 길을
인도하시는 우리 집의 가장

굽은 어깨와 목에서
무게가 느껴질 때마다

마음이 먹먹해집니다

엄마에게

사랑하는
내 어머니

일 때문에
바쁜 와중에도

자기 자식들 밥은
챙기시겠다고

새벽 6시에 일어나
밥을 지으시는 모습에

매일 감동을 받습니다

동생에게

사랑하는
내 동생아

우린 하루하루가
전쟁터이지

잠시 휴전이라도
되는가 싶으면

바로 역공이
들어오고

다시 싸우기를
반복하지

그래도 나는 너를

사랑한단다

하나뿐인 내

동생아

.

너에게

이젠 밤마다 나를 찾아오는
상상 속의 너까지도 놓아줄게

나에게서 멀리
떨어져 너의 꿈을 펼치기를 바라

이게 너와 나의
마지막이라고 생각하니까

한 글자 한 글자가 소중하게 느껴지네
그만큼 너를 좋아했다는 소리겠지

잘 지내렴
내 전부였던 사람아

일어서기 전

안녕하세요! 시인 김용선입니다.

왜 제 시집이 〈2부: 시나 쓰고 앉아 있네〉 → 〈3부: 시를 사랑하는 한 젊은이의 러브레터〉 → 〈1부: 또 사랑〉 순으로 비중이 큰지에 관한 의문점이 생기실 수도 있을 것 같기에 이렇게 글을 적어 봅니다.

사실 이 시집에서 제가 그리워하는 그녀와 연애까지는 못 했습니다. 연락도 아주 짧은 기간만 주고받고 끝났습니다. 그래서 행복한 사랑의 이야기인 〈1부: 또 사랑〉은 경험의 시간이 짧아 분량이 적을 수밖에 없습니다.

그녀와의 짧은 사랑이 끝난 뒤, 아픔은 금방 지나갈 줄 알았습니다. 하지만 너무나도 길게 아팠습니다. 그녀와 연락을 주고받고 인사할 때보다 오히려 더 그녀가 좋아졌습니다. 그렇다고 그녀에게 다시 좋아한다고 들이대면 그녀가 상처를 받을 수도 있겠다고 생각했습니다. 그래서 아무 말을 하지 않고 혼자서 참았습니다.

하지만 혼자서 참는 데에는 한계가 있어 그녀를 차차 잊어 보자는 생각으로 〈2부: 시나 쓰고 앉아 있네〉의 시를 매일 같이 썼습니다. 그리하여 자연스럽게 〈2부: 시나 쓰고 앉아 있네〉가 시집에서 가장 큰 비중을 차지하게 되었습니다.

시를 계속해서 쓰다 보니 어느 순간 치유가 된 저를 발견했고 치유의 힘을 빌려 〈3부: 시를 사랑하는 한 젊은이의 러브레터〉의 시를 쓸 수 있었습니다.

『또 사랑 시나 쓰고 앉아 있네』가 저와 같이 사랑으로 인해 아픔을 겪는 이들에게는 위로가, 또 사랑으로 인해 아픔을 겪은 이들에게는 공감이 되었으면 좋겠습니다.